NINGUÉM É PERFEITO

copyright © 2008: Desiderata

EDITORA
GABRIELA JAVIER

COORDENAÇÃO EDITORIAL
S. LOBO

PRODUÇÃO EDITORIAL E REVISÃO
DANIELLE FREDDO

PROJETO GRÁFICO
ODYR BERNARDI

DIAGRAMAÇÃO
JAN-FELIPE BEER

TRATAMENTO DE IMAGENS E PRÉ-IMPRESSÃO
VITOR MANES

Rua Nova Jerusalém, 345 – Bonsucesso
Rio de Janeiro – RJ – CEP 21042-235
Tel.: (21) 3882-8200 Fax: (21) 3882-8212 / 3882-8313
www.ediouro.com.br

CIP-BRASIL. CATALOGAÇÃO-NA-FONTE
SINDICATO NACIONAL DOS EDITORES DE LIVROS, RJ

J23n

Jaguar, 1932-
  Ninguém é perfeito / Jaguar. - Rio de Janeiro : Desiderata, 2008.
    principalmente il.

  Tradução de: Nadie es perfecto
  ISBN 978-85-99070-36-9

  1. Caricaturas e desenhos humorísticos. I. Título.

07-1597.   CDD: 741.5
                  CDU: 741.5

001634

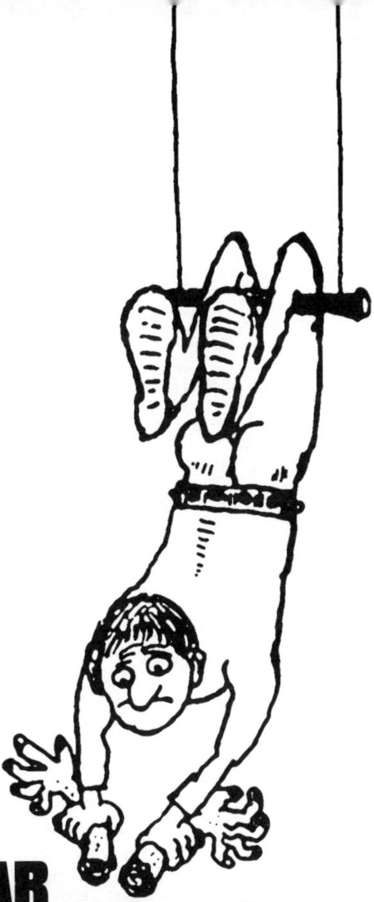

JAGUAR
NINGUÉM É PERFEITO
PREFÁCIO DA MAFALDA

DESIDERATA

MAFALDA OPINA

RETRATO DO ARTISTA QUANDO JOVEM QUARENTÃO

PREFÁCIO DA VERSÃO ORIGINAL (1973)

Que posso dizer a meu respeito? Como já disse, estou entrando nos 40, sou tímido, meio careca, preguiçoso e prefiro beber a desenhar. Deixando de lado uma certa habilidade de imaginar situações ridículas e ilustrá-las com humor, não sei fazer mais nada: cozinhar, arrumar o quarto, dançar, cantar, tocar algum instrumento, falar outros idiomas, jogar futebol, pôquer e xadrez. Dirijo mal, sou mau datilógrafo (durante 17 anos fui funcionário do Banco do Brasil). Péssimo aluno (expulso cinco vezes de vários colégios), sou incapaz de preencher sem ajuda a declaração de imposto de renda e não tenho o menor tino comercial. Sei que ninguém é perfeito, mas eu exagero.

Dizem que meus personagens são grotescos. Isso me surpreende, pois são menos grotescos do que eu. Faz tempo que desisti de transmitir com precisão, através do desenho, o que vejo na cara das pessoas que passam por mim nas ruas. E o que vejo me dá vontade de vomitar (gênese do Gastão, o vomitador). Ser humorista talvez signifique ver, com maior nitidez que as demais pessoas, o que há de precário na realidade.

Ao contrário de muitos humoristas, não detesto a humanidade. Creio que poderia ser pior. Tudo o que desejo é que as pessoas se comportem com mais compostura. Mas isso acontece poucas vezes, inclusive comigo. No entanto, não deveria me queixar. Se as pessoas se comportassem melhor, nós, humoristas, perderíamos o emprego e a razão de ser.

O progresso do espírito humano é inacreditavelmente lerdo, ou, pensando melhor, nulo. Mas é fascinante como a vida continua. Nada, nenhuma religião, nenhuma política, nenhum governo, nenhuma revolução, nenhuma doutrina, contribuiu com algo para melhorar o espírito: o homem continua sendo o mesmo ser confuso e lamentável de sempre, mas a vida continua. Ninguém é perfeito, mas poderia ser pior. É isso o que eu penso. E é o que meu trabalho pretende transmitir.

O BRIOCHE E O MATAMBRE

Este livro tem uma história bem mais interessante do que o próprio livro.

Eu estava no Lamas tomando meu chope com genebra com o Carlão Kroeber, quando fui abordado por um argentino de fino trato que se apresentou como dono de uma vinícola em Mendonza. "Oba!", pensei, "será que vou ganhar uma caixa de vinho?" Não, ele estava planejando mudar de ramo e abrir uma editora em Buenos Aires. E queria começar publicando uma coleção de livros de cartunistas da América Latina. É claro que topei na hora, mesmo porque era a oportunidade de conhecer a capital argentina. Na época – estávamos em 1972 – *O Pasquim* estava no auge, vendendo 200 mil exemplares, apesar da censura, das prisões e dos processos (só eu peguei 18), e eu era o editor de humor do jornaleco. No dia seguinte, entreguei ao cara (do qual não lembro o nome) um monte de desenhos que peguei no arquivo da redação. E esqueci a história, como faço sempre depois de um porre.

Dois meses mais tarde, o argentino me telefonou para marcar a data do lançamento do livro em Buenos Aires. Mandou passagem – primeira classe! Naquele tempo, viajar de avião era coisa de gente rica; hoje, os aeroportos parecem rodoviárias, com sujeitos embarcando de bermuda, tênis, camiseta e mochila... Fiquei hospedado num vetusto hotel, estilo inglês até no nome, o Claridge. Fui aos principais programas de rádio e televisão, da noite para o dia virei figurinha fácil na cidade, todo mundo me reconhecia nas *calles*.

O lançamento no bar do Claridge foi um sucesso, com a Mafalda, do Quino, apresentando o livro. Não houve autógrafos. Achei muito chique o autor não ficar assinando livros enquanto o pessoal conversava e bebericava. Jornalistas, escritores e artistas da cidade estavam presentes: Quino e praticamente todos os desenhistas de humor, do mestre Oski a Fontanarosa, e três caras inseparáveis, meio hippies, de sandálias e mochilas de pano, que já tinham me visitado na redação d'*O Pasquim*: Blanquito, Pancho e Eduardo. Hoje, seriam os chargistas do Mercosul. Eu os chamava de "os três mosqueteiros do cartum". As voltas que o mundo dá: Blanquito morreu, e Eduardo parou de desenhar; virou Eduardo Galeano, o celebrado autor de *As Veias Abertas da América Latina*.

Pancho é chargista do *Le Monde*. Foi ele quem me mandou, xerocado, 27 anos depois, um exemplar do livro, do qual nem me lembrava o título – perdi o meu em uma das minhas separações. Era mais radical que o Vinicius: ele saía dos seus casamentos só levando a escova de dentes, eu nem isso.

Fiz grandes amizades naquele remoto lançamento em 1973. Manuel Puig, principalmente. Ele estava com seu namorado, os dois com estilo dark, pálidos e vestidos de preto da cabeça aos pés. Quando disse me sentir frustrado por estar em Buenos Aires sem poder comer carne (a Argentina estava em crise financeira, toda a carne era para exportação, era *La Veda* – proibição), o casal me convidou para um churrasco no apartamento deles – tinham contrabandeado uma peça de filé (o famoso jeitinho portenho). Não me lembro do nome do namorado do Puig, mas era autor de um romance muito bom, *Los Perros*. Convenci Puig a visitar o Rio. Alugou um apartamento na rua Aperana. Eu galinhava muito e levava as moças para seu apartamento, que era amplo, com vários quartos. Fiz uma vaquinha entre amigos e levantamos uma grana para encenar *O Beijo da Mulher Aranha*, com Rubens Corrêa e Ivan Albuquerque, um tremendo sucesso, que depois virou filme em Hollywood. Mas Puig era um cara inquieto, foi para o México, onde morreu de maneira misteriosa.

Fiquei uma semana em Buenos Aires. Sábat, a grande estrela do *Clarín*, o maior jornal argentino, convenceu o editor a me contratar, alternando com Fontanarosa. Cheguei a assinar contrato e a combinar salário. Voltei para o Brasil no dia do desfile da Banda de Ipanema, caí de novo na gandaia e nunca mandei um desenho pra eles. Em geral, não me arrependo das besteiras que faço, mas essa foi de lascar.

Quino, que conheci no lançamento do livro e que desenhou a Mafalda na apresentação, me convidou para passar um fim de semana na sua casa às margens do rio Tigre. Aproveitei a oportunidade para dizer que o considerava o mais criativo cartunista do mundo. Mas insisti que, se continuasse desenhando a Mafalda (que no fundo era uma adaptação latina dos *Peanuts*), endureceria seu traço. História em quadrinhos e cartum são incompatíveis; na minha opinião, o cara tem optar. Uma semana depois, Quino anunciou que nunca mais faria uma tira da Mafalda. É claro que não o levei a isso: já deveria estar remoendo essa idéia e o meu palpite talvez tenha sido a gota d'água.

Apesar do sucesso do livro, não houve outro lançamento e a editora fechou. Sábat e outros desenhistas ficaram indignados com o aspecto gráfico, acharam muito rococó, alambicado, e que não tinha nada a ver com as grossuras do Gastão, o vomitador, e do Bóris, o homem-tronco. Na opinião do Sábat, em carioquês chulé, parecia "coisa de viado".

Pra mim valeu. Conheci Buenos Aires em grande estilo. E fiz amizades que, mais de 35 anos depois, permanecem até hoje.

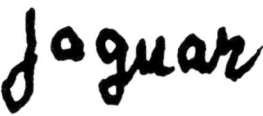

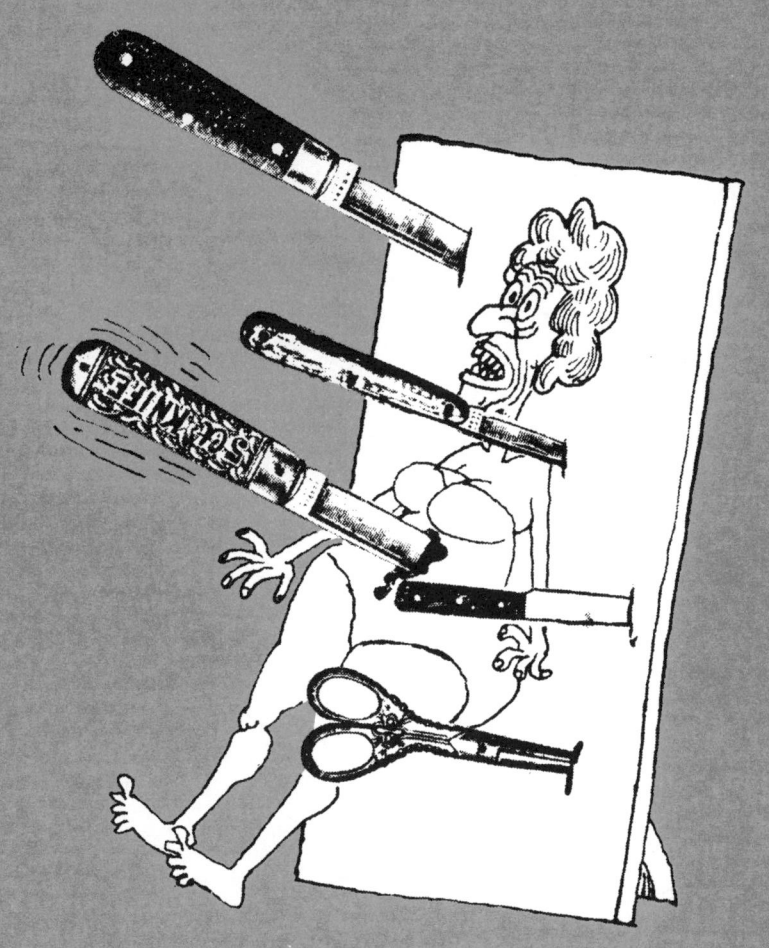

NO ADMIRÁVEL MUNDO NOVO
NINGUÉM É PERFEITO

— É EXATAMENTE O QUE EU QUERIA DE PRESENTE DE ANIVERSÁRIO, MAMÃE!

- UMA ESMOLA PELO AMOR DE DEUS! ESTOU SEM CAPITAL DE GIRO!

- PRA VOCÊ NÃO SOU MAIS DO QUE UM OBJETO SEXUAL!

NO SAUDOSO MUNDO VELHO NINGUÉM FOI PERFEITO

MOMENTO HISTÓRICO EM QUE FORAM INVENTADAS
A MÚSICA DE PERCUSSÃO E A CRÍTICA MUSICAL

E O AMANHÃ, SERÁ PERFEITO?

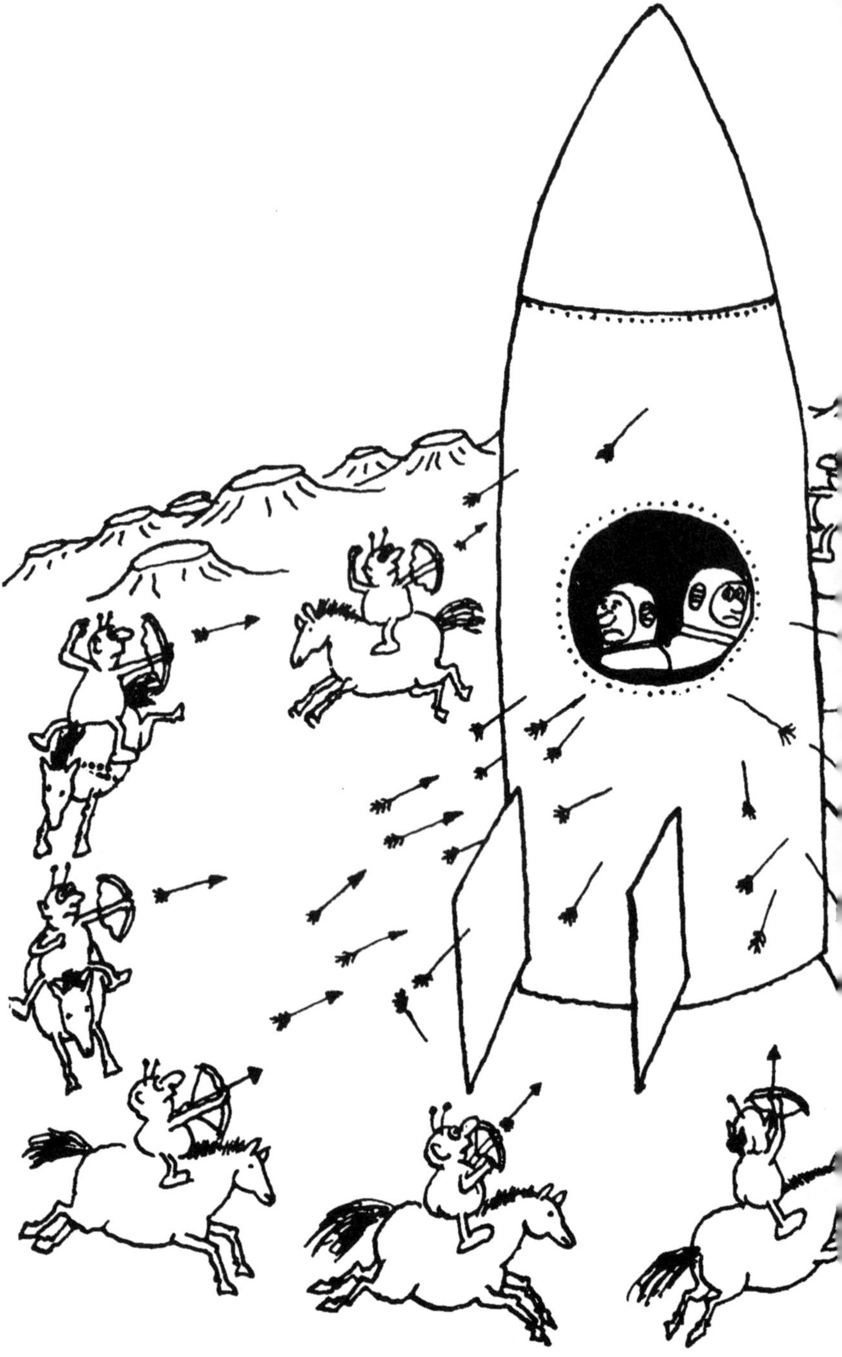

NINGUÉM É PERFEITO

**NEM SEQUER
AS ESTRANHAS
CRIATURAS DE**

Jaguar

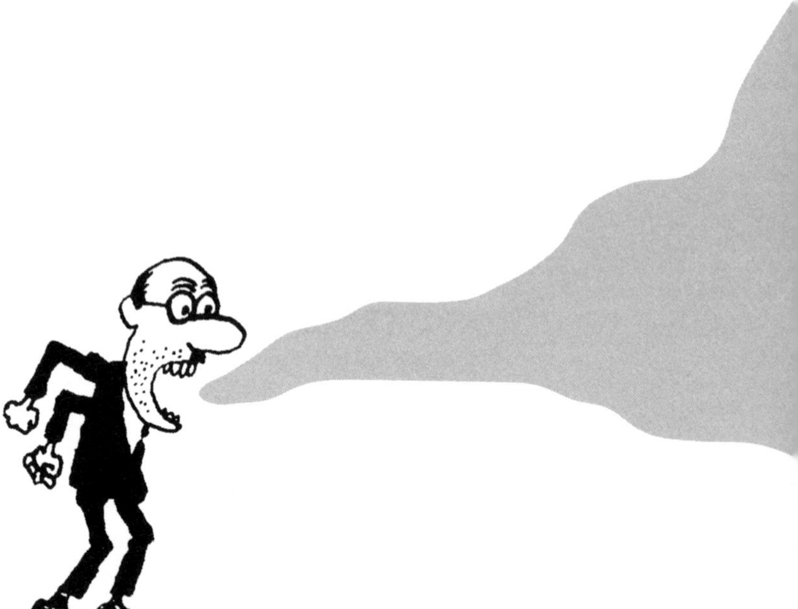

Gastão expressa sua relação com o universo mediante uma atitude original: vomitar. A tudo que o desagrada ele responde com um vômito. Não se trata de uma insolência, nem de um ato de má educação, nada disso. É uma reação contras as injustiças, contra as perguntas estúpidas, contra as respostas absurdas. O imperfeito feio e perverso pode desencadear seu protesto vomitivo, e também o perfeito, o belo e o bondoso, que para ele não são mais que cegueira e hipocrisia. O rechaço de Gastão é total, e seu vômito, universal e sem compaixão. Começou como protesto, passou a ser um acontecimento esportivo e chegou a ser saudação e até cartão de visita. Seu vômito é assíduo e perpétuo. É uma catarse que, segundo alguns psicanalistas vomitados por Gastão, ele utiliza como defesa diante de um mundo hostil. Algum dia Gastão deixará de vomitar? Não sabemos. Quem se atreveu a fazer esta pergunta teve o corpo inteiro alvejado por um artístico vômito.

Os editores
(versão original)

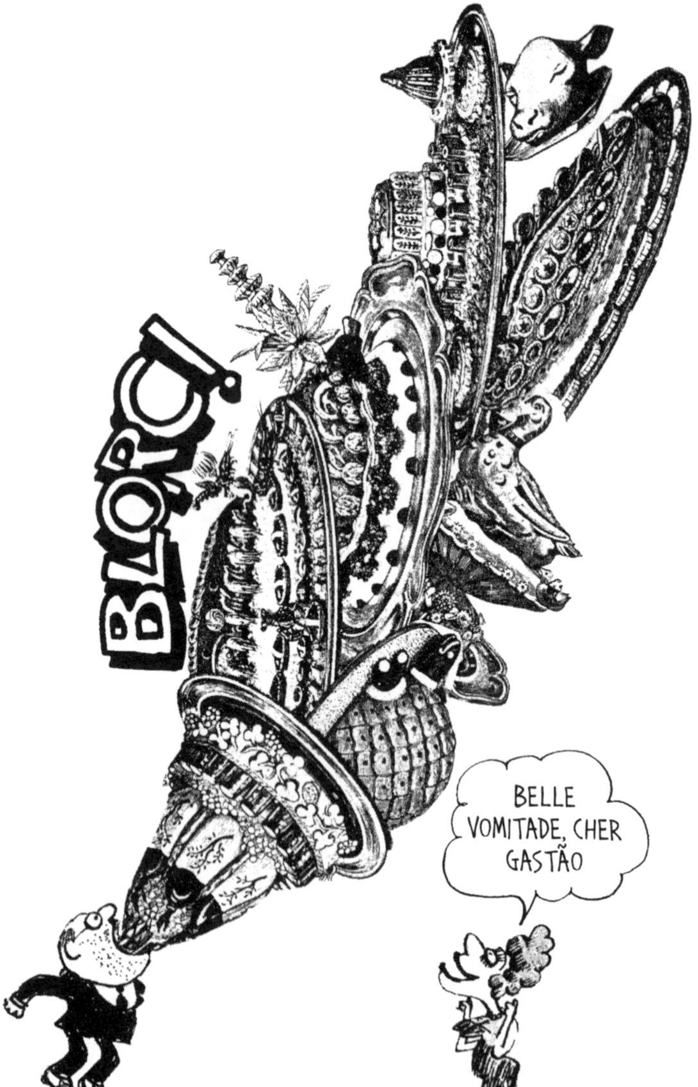
BLORG!
BELLE VOMITADE, CHER GASTÃO

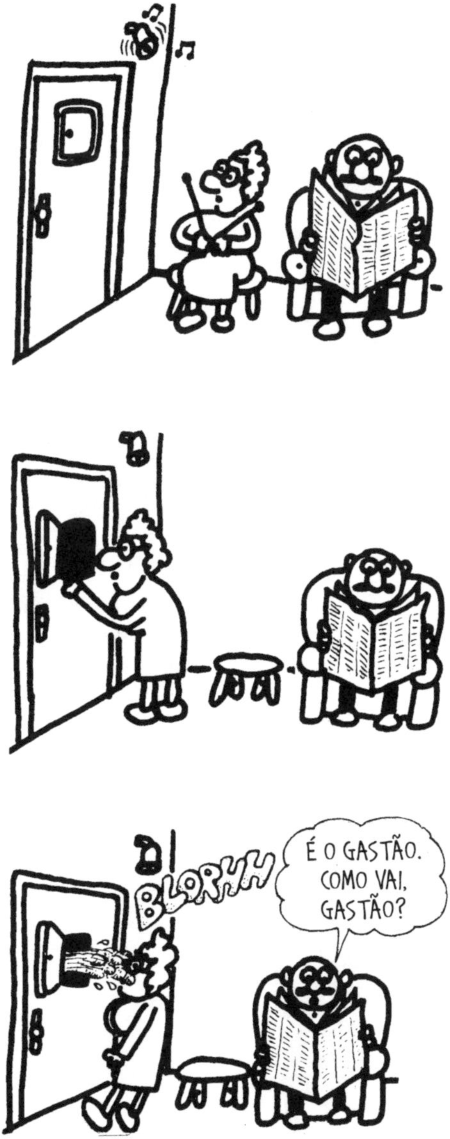
BLORHH
É O GASTÃO. COMO VAI, GASTÃO?

GASTÃO, POR QUE TE CHAMAM DE VOMITADOR?
BRUAHH!
PERDI UMA BOA OPORTUNIDADE DE FICAR CALADA...

HUGH...
HUGH...
HUGHH
NÃO FIQUE DEPRIMIDO, GASTÃO! ISSO ACONTECE COM QUALQUER UM

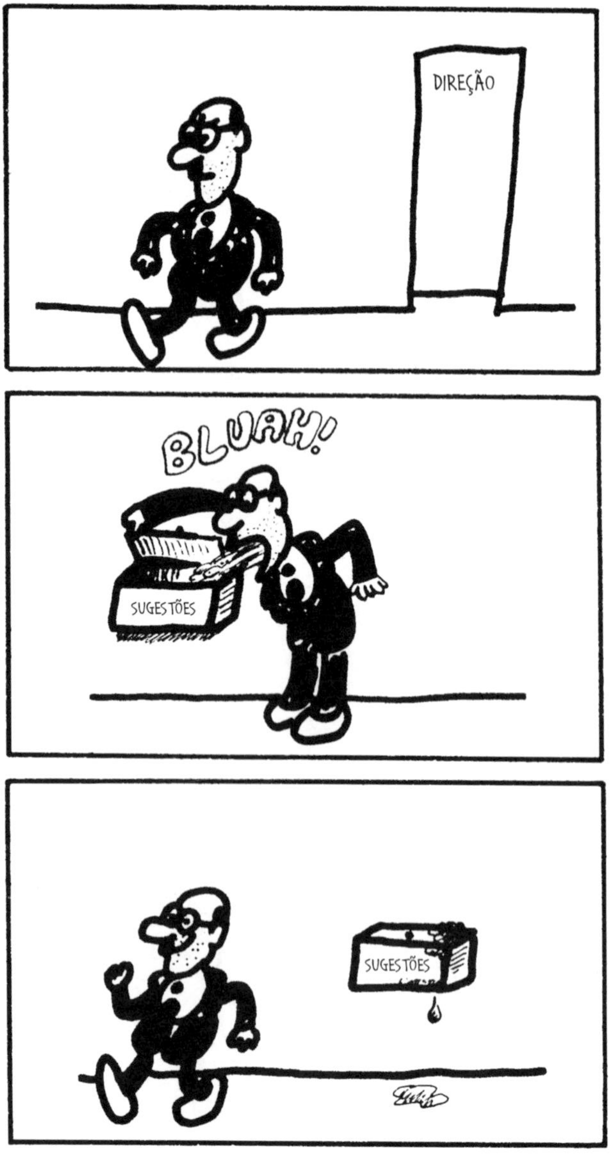
DIREÇÃO
BLUAH!
SUGESTÕES
SUGESTÕES

MUITAS FELICIDADES, GASTÃO, MUITOS ANOS DE VIDA! AGORA SOPRA AS VELINHAS!
CLAP
CLAP
CLAP

BLUAHH

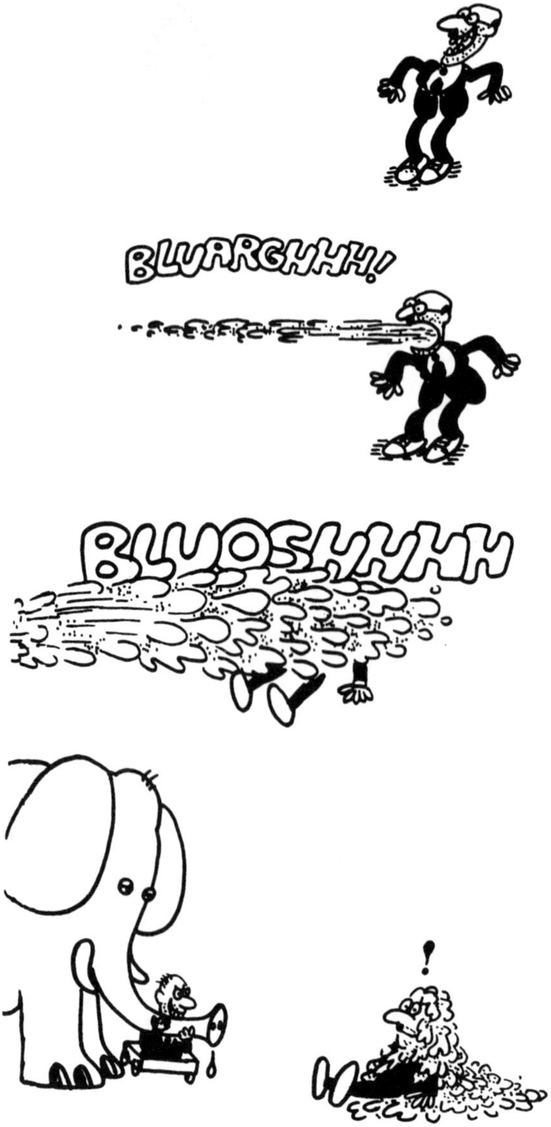
BLUARGHHH!
BLUOSHHHH
!

UMA ESMOLA, POR FAVOR!
BLUAHH
ESTÁ CADA VEZ MAIS DIFÍCIL IMPRESSIONAR O PÚBLICO, CERTO, GASTÃO?
CADA UM FAZ O QUE PODE, BÓRIS

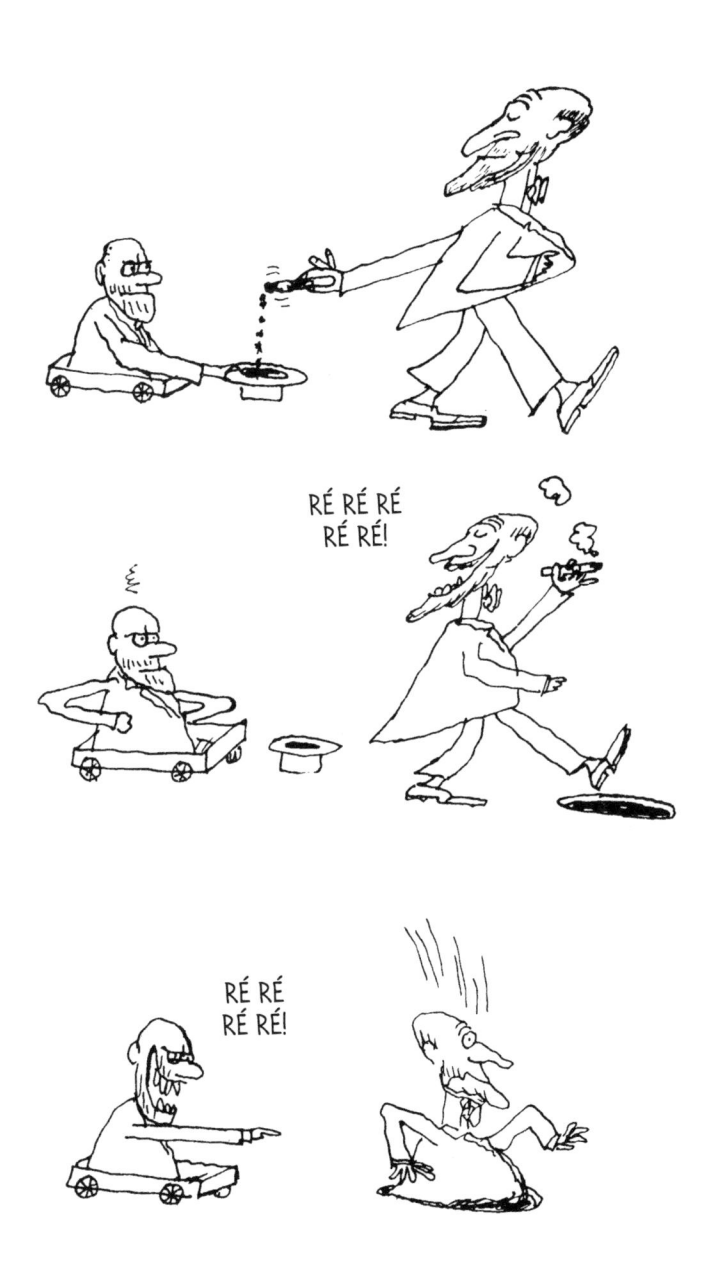
RÉ RÉ RÉ
RÉ RÉ!
RÉ RÉ
RÉ RÉ!

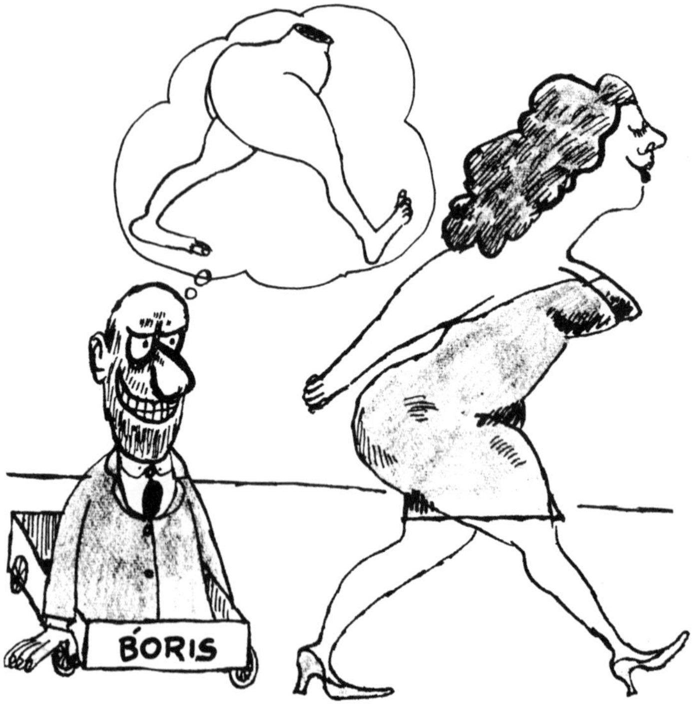
BÓRIS

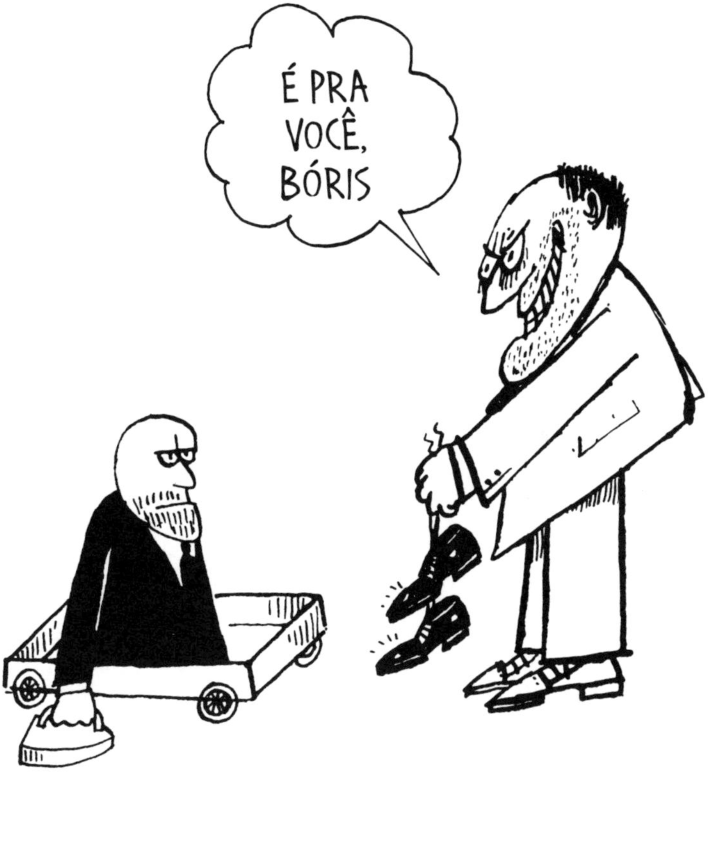
É PRA VOCÊ, BÓRIS

AQUI ESTÁ O RESULTADO DE SEU TESTE VOCACIONAL: PEDICURE, ENGRAXATE, UROLOGISTA

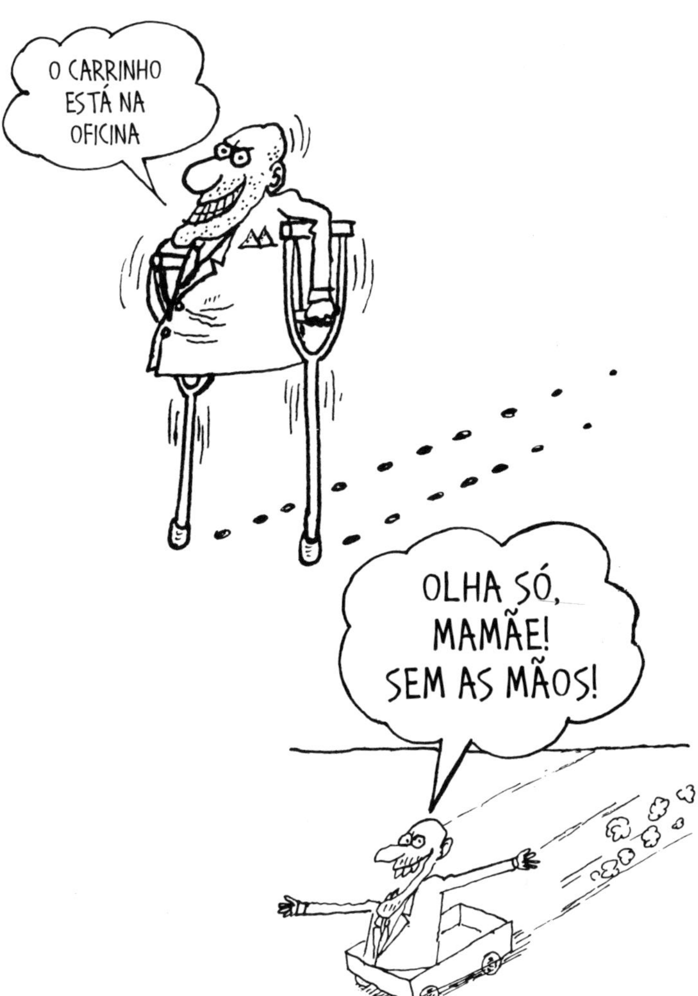
O CARRINHO ESTÁ NA OFICINA
OLHA SÓ, MAMÃE! SEM AS MÃOS!

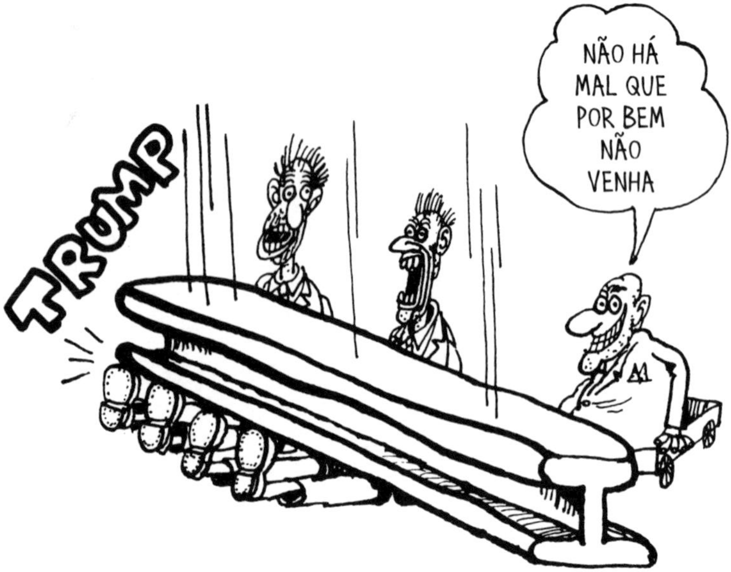
TRUMP
NÃO HÁ MAL QUE POR BEM NÃO VENHA

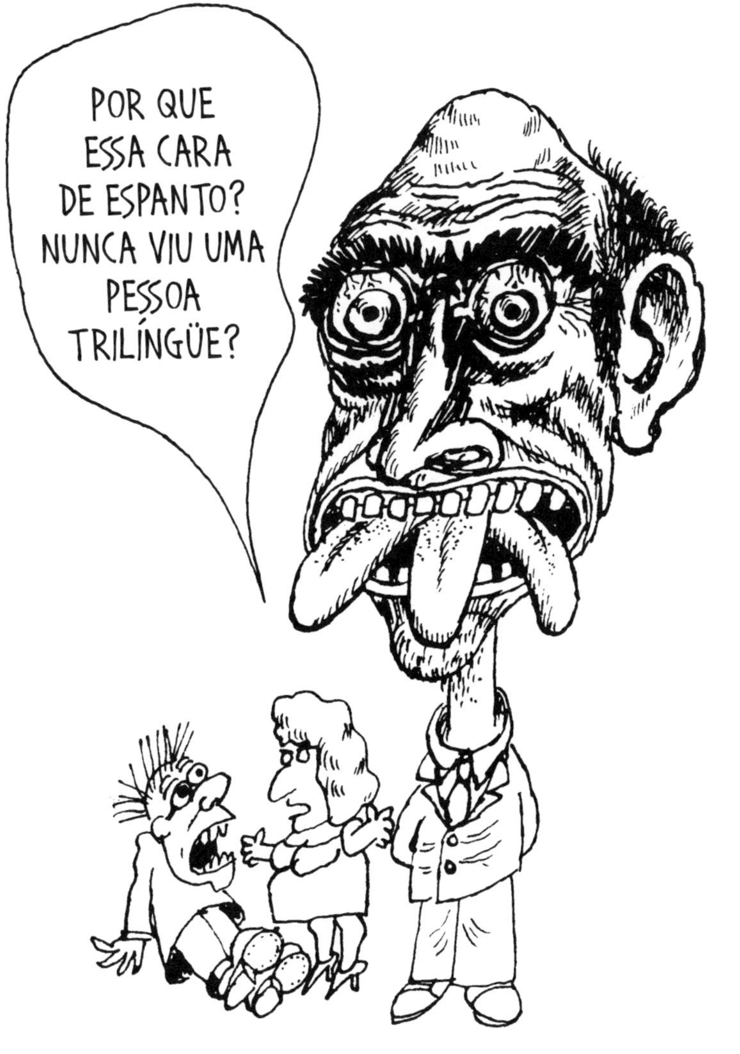
POR QUE ESSA CARA DE ESPANTO? NUNCA VIU UMA PESSOA TRILÍNGÜE?

PERFECTUM MOBILE

JÓIAS DO PENSAMENTO LIBERAL

FOI BOM ENQUANTO DUROU

— QUERIDA, FAÇO ISSO PARA O SEU BEM

– NÃO TROCARIA A PAZ DO MEU LAR POR NADA NO MUNDO

— NÃO HÁ NADA COMO UM DIA DEPOIS DO OUTRO

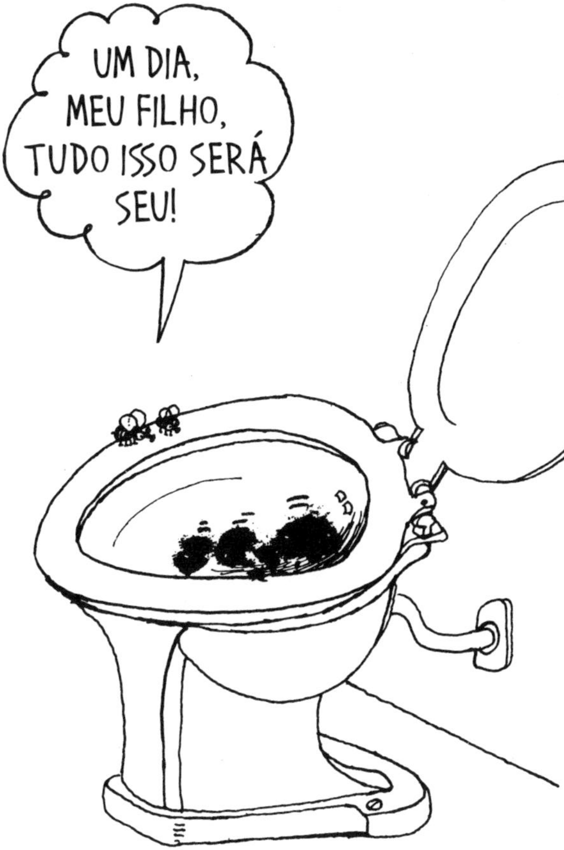
UM DIA, MEU FILHO, TUDO ISSO SERÁ SEU!

AH, OS "EXECUTIVOS"!

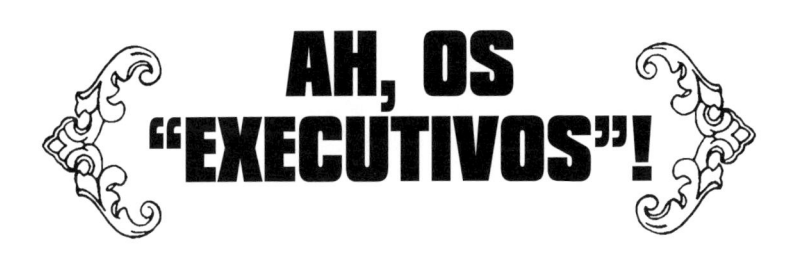

> SE EU TIVESSE 9.932.489.775.358.437.800 HORAS, NÃO LHE DARIA NEM UM SEGUNDO!

> PODE ME DAR UM MINUTO DO SEU TEMPO?

NUNCA VI PUBLICIDADE TÃO SINCERA, TÃO HONESTA, COM ARGUMENTOS TÃO VERÍDICOS. VOCÊS ESTÃO DESPEDIDOS!
DEPARTAMENTO DE CRIAÇÃO

NO BRAIN STORM, DEPOIS DE ANALISARMOS TODOS OS DADOS DO MARKETING, E PENSANDO NUMA MEDIDA QUE REALIZASSE O IDEAL DO GROSS-RATING POINT, CONSIDERAMOS QUE A CAMPANHA DEVE BASEAR-SE NESTE COPY-BODY, DO QUAL FAREMOS UM ROUGH, PARA CHEGARMOS AO LAYOUT, DE ONDE SAIRÃO O SPOT, O OUTDOOR, O TABLE TOP E OS TEASERS. UTILIZAREMOS ESTE OVERLAY PARA APROVEITAR AO MÁXIMO A POSSIBILIDADE DE SPLIT RUN. O QUE VOCÊ ACHA?
EU ACHO UMA SHIT.
COMPRE COM AMOR

— DÁ A BÊNÇÃO PAPAI?

> NÃO, NÃO TE DOU, EMPRESTO. PODE FICAR MAL-ACOSTUMADO

ESTE BELO SEXO

"QUANDO VOCÊ ME OLHA ASSIM, EU ME SINTO NUA"

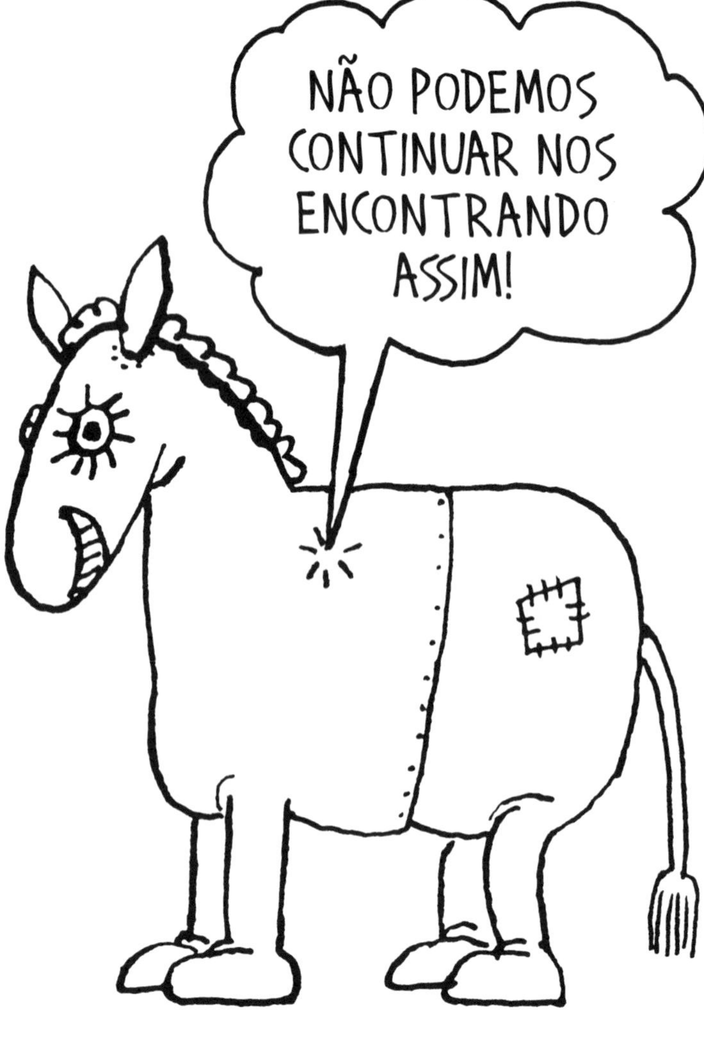
NÃO PODEMOS CONTINUAR NOS ENCONTRANDO ASSIM!

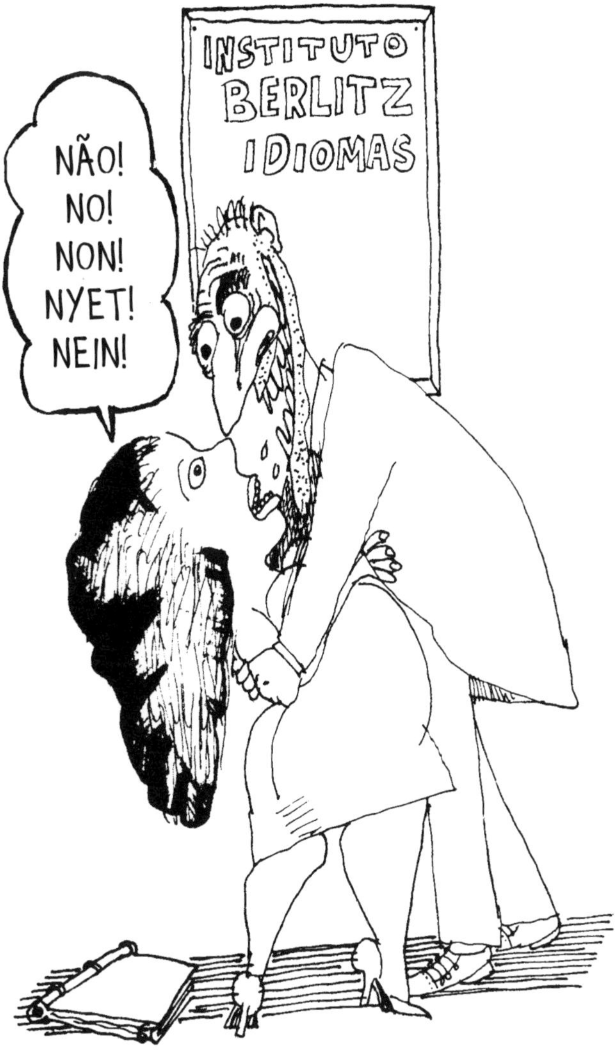
INSTITUTO
BERLITZ
IDIOMAS
NÃO!
NO!
NON!
NYET!
NEIN!

PARECE QUE PERDI MEU TEMPO COM ESSE CURSO DE EXPRESSÃO CORPORAL!

Uma vitória da liberação feminina (*Jornal do Brasil*) – Foi inaugurada em Hamburgo a *Maison Jaune* (Casa Amarela) primeira casa de prostituição masculina (para clientes femininas) oficialmente reconhecida pelas autoridades. Atendendo ao anúncio dos proprietários, veiculado nos jornais, se apresentaram para o exame de seleção nada menos que 3.000 jovens, entre 18 e 25 anos. Eles vão disputar 60 vagas.

O MUNDO HORROROSO DO CIRCO

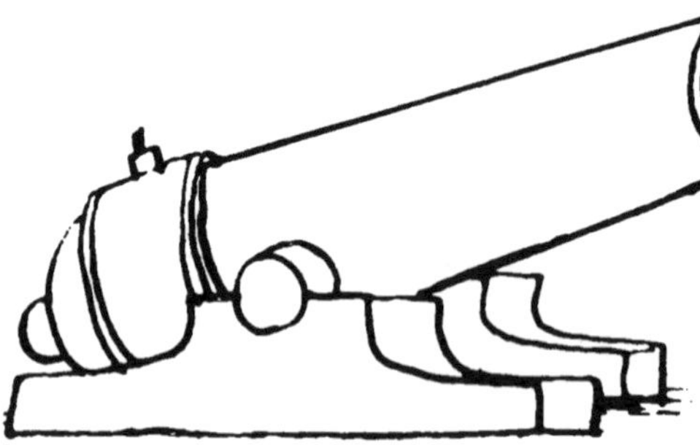

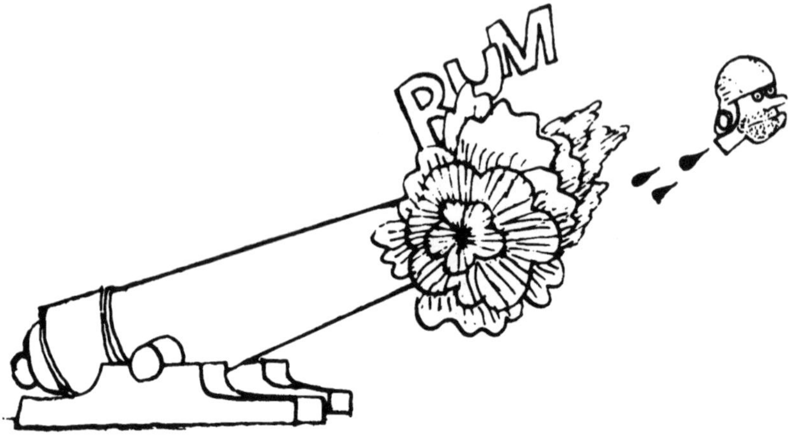
BUM

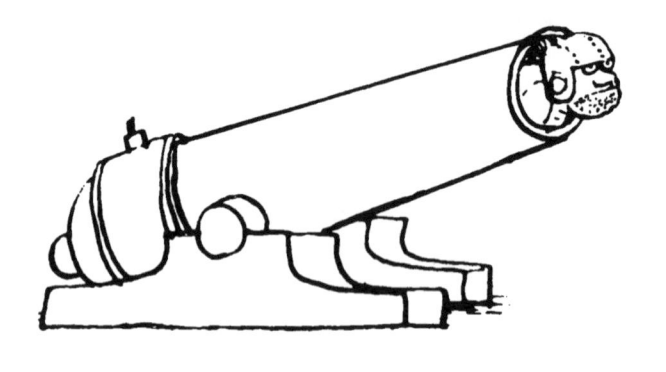

ESTÁ DESPEDIDO! CONTRATEI UM CARA QUE ENGOLE BARBEADOR ELÉTRICO!
NICOLA, O HOMEM QUE ENGOLE GILETE

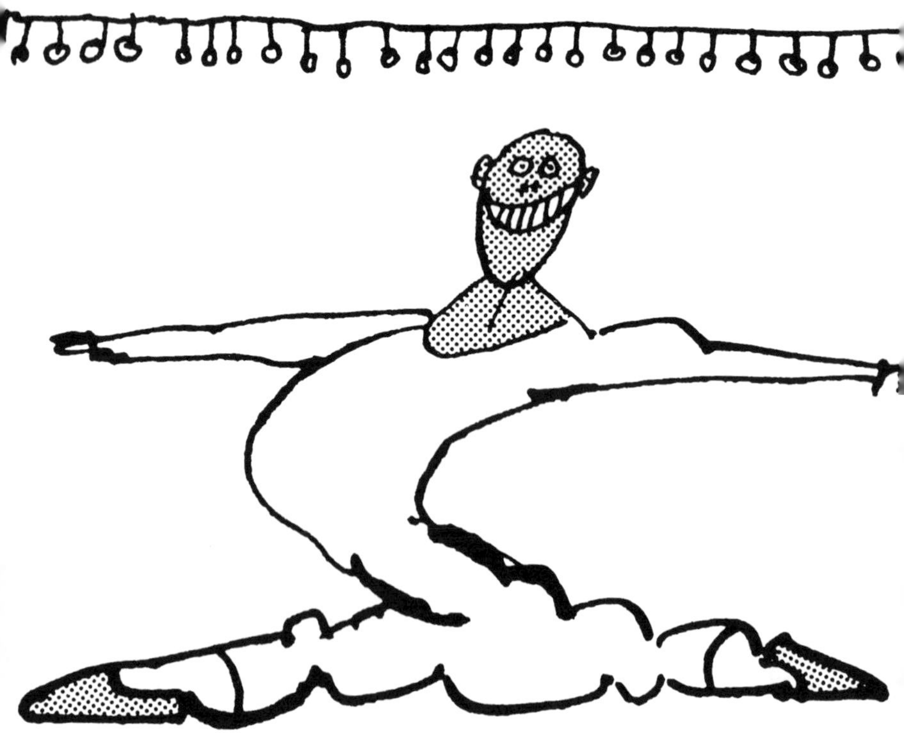

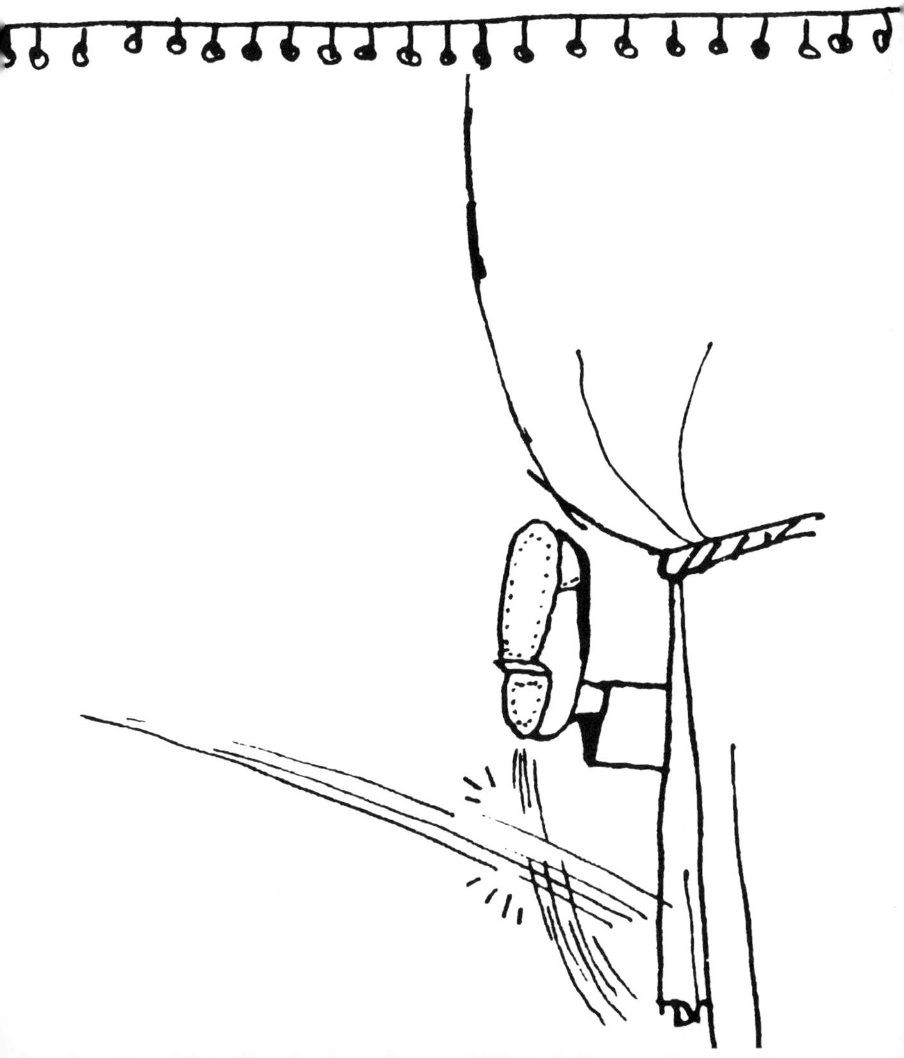

AS AVENTURAS DE TARZAN O SÍMIO PERFEITO

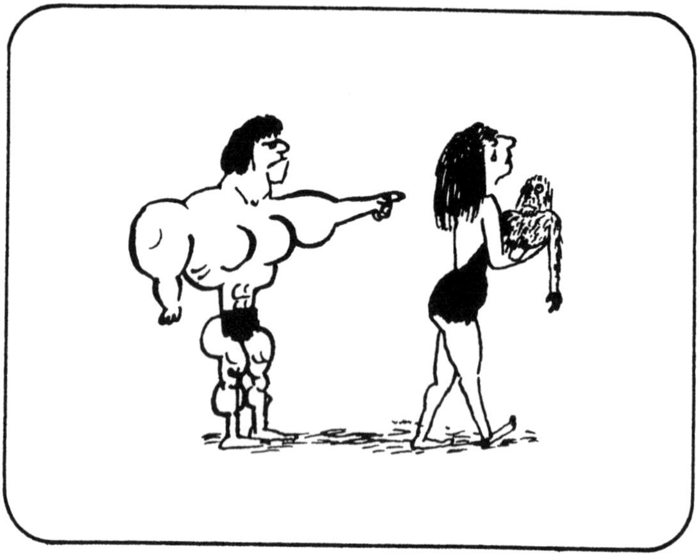

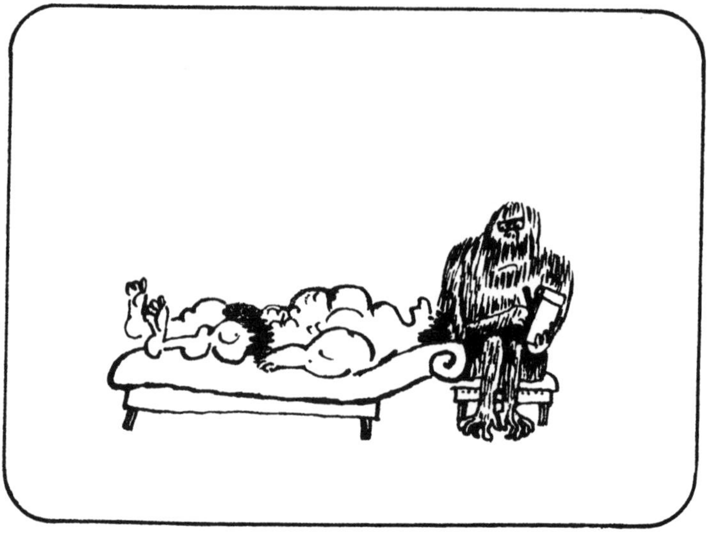

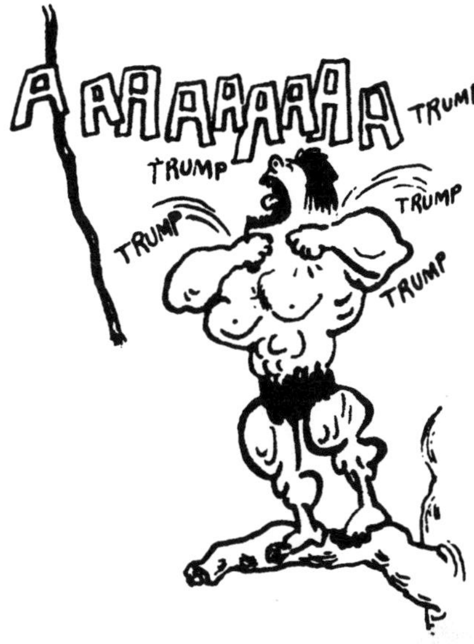

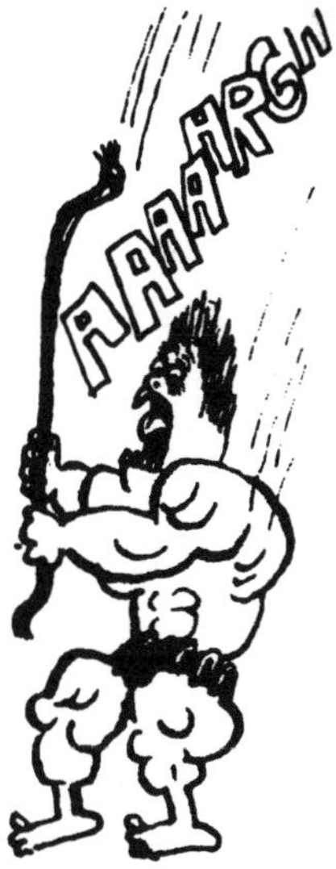

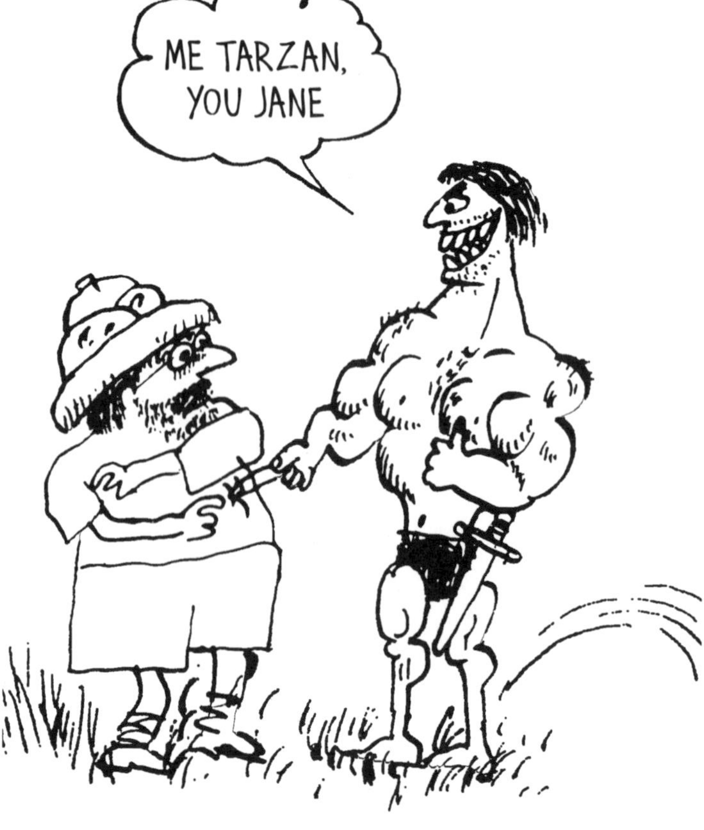
ME TARZAN,
YOU JANE

ME
TARZAN

DEIXE DE ME PROVOCAR COM ESSE SÍMBOLO FÁLICO RIDÍCULO!

MAS TUDO PODERIA SER PIOR

OLHA AQUELA NUVEM, PARECE UM CAMELO!
IGUALZINHA!
AQUELA PARECE UM CASTELO!
TAL E QUAL!
UM NAVIO!
IDÊNTICA!

UMA BOMBA ATÔMICA!
PERFEITA!
4
5
QUE IMAGINAÇÃO VOCÊ TEM, BÓRIS!

NINGUÉM É PERFEITO
foi editado em agosto de 2008.
Miolo impresso em papel offset 90g e capa em
cartão triplex 250g na Lis Gráfica, Guarulhos, SP.